歌集

Ange-Mensonge

天使《アンジュ》―嘘《マンソーンジュ》

守中章子

角川書店

目次

神怪しき声

越　境

装幀　伊勢功治

歌集　Ange-Mensonge《アンジューマンソーンジュ》

守中章子

神怪しき声

髪切り月

藪椿ほのあかく照る春庭に母とし坐せばあふるる幼年

如月は髪切り月やまなうらに大き鋏はかたむき乱《さや》ぐ

春なればをとめの声にうたはなむ前の世に見し清き真水を

われもまた野辺をゆかなとうたふとき弔衣のごとき悲しみは降る

しづもれる枝より落つるひかりはも会はざるままに迎ふる転生

しんしんと君は眠りぬ竜涎の香の満ちぬれば身もかへさずに

大和しまほろば

ふたたびをみたびを知りて黙《もだ》を得ぬ夏の落ち葉の散りやまざるを

ケーザイがセーヂを覆ふ沖つ波　帆柱に身を繫ぎ歌はな

賜はりし恋なりしかど否と言へ否と言はばや草書のこゑで

おお美国！神は赦せりをはりなく色は匂へど見るあたはずて

ぬれぬれと正目《まさめ》もてりと熄《や》まぬ舌なにに追はれて唄ひ初めしや

恵方《ゑはう》より楽ただよへば化粧《けはひ》せる一頭の鹿ふいにあらはる

つつましき眠りの果てに流れつく大和しまほろば夢のごとしも

矩形の舟

姿なきものを主《ぬし》にてこれいじやう従ふべしや春泥に立ち

太き首もたざりければうらごゑにうたひつぐべうチシャのほめうた

映像ににほひ無きこと大文字にまこと無きこと漱《くちすす》ぎ思ふ

無明なる泪の壺とよばるればあぢさゐを活けともに睡りぬ

時鳥鳴きにけるかな深井より地上のみづの迅かりけるを

半夏生ユーラシアアのダリアアの花をかかへて「渚にて」観き

敗蓮《やれはす》ゆのがれいでむか裸足にて鏡の裏にまはり込まむか

夏隣かしこすぎなば燐は消ゆ徒渡りゆく矩形の舟へ

桔梗《きちかう》のみだれ咲く野に火を放ちふりかへるなよ何ぞおそるる

神怪しき声

闇に立ついつぽんの木そこからが始まりなのだ神怪《くす》しき声の

もの言ふは悲しかりけり長母音ふとほとばしる重きこころよ

行き迷ひなほし入りゆく濁流や呑まるる前に言葉を変へよ

やや遠き五段活用われはいま水鶏《くひな》語で言ふ「をろがみたまへ」

たちこむる朝霧に問ふ白鷺の〈普通〉と〈固有〉はどれほどとほい

思はれてつやめきいづるウ音便酔うた思うた片肌をぬぎ

ものぐらきこゑは生まれぬ身にふかく下一段より鎖骨へ伝ふ

召喚しことばを岸に立たしめる　のち剝がしゆく内側よりを
ほのあかくうち剝がされしことのははけふ九重に匂ひたつなり

森

日は落ちて水かさ増せるかみなづきいもうとはゆく胸まで濡らし

あたたかき腕もつひとよ目をつむりさかのぼりゆく暁八《あけや》つまでを

くらき髪めわらはのごと裁ち斬りて姉はたなびく旛となりけり

夢に見しボオドレエルは竜胆の襲《かさね》はおりてやさしかりけり

うた歌ふ装置の今し滅びればソネットリュネット熄みにけらずや

しづやかに近づき来たる森のあり鳥は黙して死を越えむとす

流砂

紫荊《はなずはう》ひくく咲きしといふときの君の声はや流砂のごとく

堆くつもれるものは記憶なり砂の舞ひふる夜半のさかみち

比良坂へますらをは征くはろばろと河の曠野の果て　鶚の陣

ともづなに何ぞからまりづきにける船は右方へかたぶくらしも

かたぶきて身をやや斜めに斬られけり喫水線はやいばのごとし

哂ひつつ水をゆりあげ迫るもの弥陀と呼ばなむあるいは神と

降灰はまもなく此処に至るらし首《かうべ》を垂れよ西方《さいはう》に向け

ひぐらしの途切れ途切れの嘆かひのあひに快楽《けらく》をしるし畢《をは》んぬ

刻のあひだ

にはたづみ流るる銀の気配して空をあふぎぬきみのかたはら

欅ゆれ海原のごと響《とよ》むとき未だ生れざる猛きもの見ゆ

あはれあはれ砂壁めぐり風きけば螺旋のさまに降りくる神よ

春楡は左右《さう》より繁り空を閉づ　ほの昏き場にきみと向かはな

ゆふすげの黄《きい》の泉をたかみより訪《と》ひにけるかや嘴《はし》しろき鳥

見返れば草かげろふのふはふはと魂《たま》すきとほりただよひにけり

篁のそよぎやまざるゆふつかた蜻蛉《せいれい》はとぶ　みづくぐるごと

まくなぎは夕守りすらむ木々の間と刻《とき》のあひだをゆきてもどりて

ねぢ花

秋の陽の梢《うれ》に差す色きはまればたへがたきまで人を恋ほしむ

われのゐぬわれの墓処《はかど》にねむる子よ円き器にしづもれる子よ

ねぢ花は時を捩ぢりてひらきけりその四片《ひら》の白き香をもて

まなうらにあかく飛びたつ亡き子一羽いえ二羽三羽きぎすの形《なり》で

呼ばはれば戻らむか鳥もどらむか神の留守なる岸かげまでを

白南風《はえ》にむかひてなにを煽ぐとや山は動かず雲通はずて

聖なるかな

鵯《ひよ》なけば怺へをりたる葉の落ちてもうこんなにも岸辺は近い

聖なるかなわれらの口に運ばるる屠りの儀式なき赤き肉

ひかり射す壁のはたてにたたずみて尋ねつづけるをみなありけり

聖なるかなひざまづきたる赤土にますらをといふ影おちにけり

たたかふは素手でことばで沈黙で抵抗をせず服従をせず

曲がれるひ曲がれるかぜにさらされて素足でゆけばなほ寒き道

ここからは

ここからはすべてが白くみえるからひはひはと哭くきみは兎だ

やがて来る〈燕〉や〈春〉をことほいで箏の音鳴らす宵の入り口

たえまなく音の聞こえる谷あひにくちつぐむ鳥さへづる小石

身にそつて絡まりのぼる〈時間〉にはゆるく巻いてと鼻声で言ふ

焰口

あのやうにかくのごとくにさうらふに萵苣《ちさ》はふちまで玄くなりたり

むしろそのたぐひまれなる刻なれば筍《たかんな》生れぬ春ならなくに

たぶんこの彼のあさゆゑのをみなへしひと客人《まれびと》とゆきあはざるを

やや淡くさりとてなほもなかなかに茱萸はおほよそ人を泣かしむ

これやこのみしるしなればかくとだに牡丹ひらきぬ焰口《えんく》のとなり

さはあれどあふぎみるなりしまらくをなにゆゑ雁は北上せざる

あまつさへ日はかげりゆくゆうるりと然《さ》はおほいなる放生らしも

沈める石

かく深くうち込まれたる飛礫をやひろはむとしてくだりゆく朝

角ごとに音はしづくを垂らしつつ着地するらし速度をゆるめ

しんしんと流るるものよ央《もなか》には輝る石ありてあまき香はなつ

ひろはむかいま身を踊め度《はか》りゆくこのさき四寸あとは闇にて

目のまへに沈める石は眦のけはしき雄やそのかたち美《は》し

ひろはむかくるぶしまでを氷らせて踏めばぎしぎしあらはるるもの

あきらけくなりさうらふと声のして石はやうやう語りはじめぬ

訳したまへ訳したまへ鳴る音をさは弔の鐘のごとしも

飛べや天使

あまやかな音おちくればそこここに爆ぜるものあり翼をもちて

夏の闇うしほ満ちくる気配して飛べや天使と声に出し言ふ

まづここに母うへを置きその横に石虎一頭ねむらせておく

空の鳥とりのそらとて見上ぐればすわりたまへと声のするなり

「転置」させゆく術を考へてぐしよぬれになるゆふぐれである

ジョルジェットとおんなじ耳をゑがきては懐に入れ街にくり出す

越境

カルフール

私たちはフランスパリ市の学生街に一年六か月のあひだ住んだ

四つ辻に「四つ辻《カルフール》」といふカフェのあり老マダアムの焼くオムレツの

サンシュルピス教会前のものごひにしばしば会へば彼女は笑みぬ

降誕祭終へし聖堂《みだう》は冬蔦にいたくおほはれしづまりにけり

長かりし夏のをはりに片腕のパン屋は旅より戻りきたりぬ

カミカズ

パリ在住中ＩＳによるテロ発生・死者１３０名

とちの樹も葉をおとしたりポプラアも葉を落としたり暗きラ・セーヌ

露おちてまろき石はや悦ばむrrrrrと鳴る鳴りてやまざり

アタンタとくりかへさるる映像にKAMIKAZE《カミカズ》といふ舌足らずな語

自爆とは言はず自殺テロと打つ文字の黒さや朝のキオスク

「自殺テロ」を呑み込みしのちそうろりとメトロに乗りて芸術橋《ポンデザール》へ

火に焼かれかをる栗ありおのづから爆ぜる栗あり廃兵院まへ

やや低く聴ゆる声は北墓地《ラシェーズ》の葉を棄てさりしプラタナスの樹

直に立つエッフェル塔はみしみしと迷彩服に足を囲まれ

アブドエスラム

テロ容疑者たちの姓名は報道で毎日呼ばはれた

新しき**アブドエスラム**扉より出でし早暁西よりの風

トロカデロ広場に鳩のねむるころ黒焦げになる**アブドエマリク**

春まひるヴァレンヌの森しづまりぬ**ナジャムラシャウイ**とほざかるまで

おのづから**アブドラダシッド**吹かれゆく爆風突風なだらにゆかむ

をちこちに名の散らばれるラ・セーヌよ母国といふは母の棲む国

陸にかたむき

私の在籍する大学にシリア人医師が編入して来た

ドクトルと呼ばれし人はいまここに難民となり我の名を問ふ

たどりつきたどりつかざる数多あり陸《くが》にかたむき満つる潮や

生命には価格がある

ひとりには七千ユーロの闇価格生きて流浪となりし家族の

いたましきことさまざまに飛びかへる学食のパン硬きを食みぬ

さはさはと聖堂へむかふ午后なれば師に問はれけりFUKUSHIMAはいま

ラ・マルセイエーズ

巴里で年を越した

ふりかへることなきままのポンヌフやただに明るき冬の花火の

鳥の絵のはがきもとむる書店にて「佳きお年を《ボンナネマダム》！」と呼びかけられぬ

フランスは難民受け入れをやめた

ながくながくながくながくをはらぬ列のあり海に陸地に死し人の辺に

みづを買ふ冬のゆふべに消えゆけり「さかひ」に眠るあまたの子らは

黒き髪黒き目のわれおもて伏せさかしまに歌ふラ・マルセイエーズ

１９６８年の五月革命から五十年が過ぎたそして
カルチエ・ラタンの鋪道の敷石はとても重たい

敷石を剝がせばひろがる砂浜や　'68《スワサントユイット》を語るジャン・マリ

銅板の「ここに死す」の名くろずみて「警官に殴打」と刻まれにけり

目ざむればすこうしかたぶく四つの隅　闇の幻聴　壁の幻聴

越境

ゆるき坂くだればセーヌ通りなれ鷗の声をめざして歩む

北風にあらがひゆかばおほいなる河はあるべく河は見えざる

ポンヌフにアコルデオン弾く翁をりつつましき音はたをたを聴ゆ

かもめにはかもめの言ひぶんかしましくましろき腹を見せてさうらふ

ラ・セーヌに耳赤うして出あふときうらがへさるるわたくしの身や

越境をあやふく終へし一葉のてがみを持ちて佇みにけり

ふりこぼれふりこぼさるる桔梗《きちかう》のすみかといふはこの水際ぞ

いちめんの砂にうもるる一行の詩の立ちあがる気配こそすれ

「民族のエミグラチオ」はこごえつつ陸をも水をも越えざらましを

ぬめる螺子

非常事態宣言下の巴里

朝まだき昏き通路に並べるに凍えぬための足踏みの音

足踏みをする黒き人黄《きい》の人茶色ちぢれ毛ダンスにあらず

「130《サントラント》！」それはわたくし極東のとほき島より流れきたりぬ

ぬめる螺子よつつを見たりオリーヴの実を潰す店ゆきすぎるとき

窓のした「あきらめない《オンラシュリアン》」と歌ふ声われはざくざく長葱《ポワロ》をきざむ

リラの門

デモ・ストライキが続きパリは騒然とした

メトロには迷彩服のひしめきて春来にけらしPorte des Lilas《リラの門》へと

たけりつつ十四歳を殴打せりその重装備のおとなの三人《みたり》

殴られて鋪道にバウンドするせつな宙に浮く身や春のしづけさ

横一列ブールヴァールをゆるゆるとゆるゆるとゆくタクシー百台

夜のふけのポルトマイヨにみなぎらふ「抵抗をせよ」猛き歌ごゑ

自動小銃が街にゐる

警察と機動隊《ジャンダルム》らと軍隊といよよ戯画めく三区のあたり

カーテンを引いて下さい天よりの羽根うけとりしマタイの召命

死の都

オペラ「死都ブルージュ」によせて

春の宵死の都へと漕ぎ出せばピエロあらはるひくく哂ひて

ブルージュは霧に覆はれもうどこが運河か淵かためすほかなく
ひざまづきいのるかたちで待つときに来るもののこゑ木管に乗り

マリエッタいいえマリィよ死んだのは金髪でした筐をあけてよ

はなびらを撒きて去りにしエーリッヒきみの友はも頌歌《オード》にねむる

マリエッタをどりが上手マリィとは双子のやうだピルエット止まず

あざむきて弥撒《ミサ》に列なるソプラノの舌うつくしき火の匂ひやも

きらきらと死のモチーフはブルギッタややユリエッテ鳴りやまざるを

リフレインするのだここで地のしたを窺くポーズで喉をふるはせ

くもりびの

はつなつや cherche-midi《まひるをさがす》とふ径に扇もとめるをみなありけり

くもりびの巴里をあゆめばドーフィンヌどの通りにも水のにほひす

高きよりおほき葉おちぬおしなべて夏の死人の気配せりけり

くるひたる詩人の書きしこひびとの名前は喪神と知りたるゆふべ
なほ長き憂きとしつきを喪の神に領ちやらむかはらりはらりと

さやうならもう暮れそむる四つ辻に黄なる旗ふる亡命詩人

遠く来てちちははの死にまにあはぬわたくし自身の死にまにあはぬ

ODÉON

夏暮れてたちまち薄るる火の匂ひひまはりひまはり我を燃やせよ

おのづから接続法過去いちにんの中有にただよふ言の葉なれば

青ぶだう卓にあるゆゑODEON《オデオン》はかなしうて声の後れてきこゆ

麺麭を買ひ「ma mère est morte《ママが死んだ》」と言ふ我に野の風のごとうなづくダミアン

時のなき秋にしあれば教会の鐘はうつつに繭を放ちぬ

うしろより翼もつもの不意に来て「Ça, c’est différent《サ・セ・ディフェラン（それはちがふ）》」と耳もとで言ふ

沈みゆく汝の尾ひれよそこはまだ文字の破片ののこる寝台

Ange-Mensonge《アンジューマンソーンジュ》（天使—嘘）

フェヴリエは金の髪にて佇みぬ天使と嘘が韻を踏む夜

アレクサンアレクサンドラン音節はかなしみを踏み絶望を踏む

抱きしめて名前を低くよぶときのきみは前《さき》の前の世の駅

アヴリル過ぎオクトブル過ぎもうやがてゆづり葉ゆるる門のありなむ

デサンブル「扉はそこに」両腕をたかくかかげよ声を出さずに

たえまなく墜ちくるものを浴びつづけ闇つかさどる神の名を知る

希みとふ夢とふ駅はあまたたび過ぎゆきにけり砂の匂ひや

こんなにも長きをはりのあることをたふれつつ思《も》ふ大土《おほつち》のうへ

をはらむかひとをはらむかうたうたひうたをはらむかをはらむかうた

羽を捥がれまだゐまふのをやめぬのは天使なりけり砂にまみれて

天使なり荒野いちめん天使なり天上花《ミルトス》の香ただよひにけり

零度の巴里

吐く息の白さを見ては睦みあふ橋のたもとにをみなのふたり

冬の舗道にすわりこむひと

「J'ai faim《飢ゑてる》」とふ文字もつ人のあまたをりレンヌ通りにみぞれふる朝

ひたすらにみづからの跡けしてゆくサン・シュルピスへいいえその先へ

うちがははここからですか黙《もだ》のあと棘の門をひかりつつ越ゆ

すさまじく水のあふるるラ・セーヌに胸まで浸かり呼ばはる人よ

サント・ドロテ

ISSÉ-SHIMA は神おはすばしよ LE MONDE《ル・モンド》に朝のパン屑おとして見入る

おのづからなのりたまひぬ木の襞のころもをまとふサント・ドロテは

ボーボワールの坐りし席に身をおけばすずらん売りのすきとほる声

初対面の紳士は日本の都市の名をふたつ知つてゐた

ためらひてのち「いろじま、ながざき」と糸たどるごと街の名を言ふ

アルファベの流るるゆかを踏みゆけば身をすりぬけるY《イグレク》・X《イクス》

ねえきみはファン・ゴッホオが好きですかきちがひになる瞬間はどう？

あたらしき仕草うつくし夏の宵もう声なしで死ねると思ふ

記憶売り

パリで日仏両言語の短歌朗読会をおこなふ

TANKAとはHAIKU《アイク》の長きものならず一千年を語りゆかなむ

アルファベは二十六なり平仮名は四十八なり筆もて書けり

JAPONには表意文字《イデオグラム》のあることをアルファベ国の人につたへむ

三千《トロワミル》のKANJIを使ふと知るときのカトリィヌ女史の深きため息

「この朝は…」よみはじめれば部屋内《ぬち》は凪ぎわたりけりMALAKOFFの午後

六首よみバッハを聴きて六首よみつぎのバッハの始まるを待つ

この街でいまこのやうに読みすすむ「春だらう　きみ　ずつと待つてた」

マルティヌーのオペラにあらはる「記憶売り」彼の声もて「souvenirs《スヴニール》! mémoires《メモワール》!」

アンコールに乙女の弾ける「白鳥」は二年《ふたとせ》まへの饗宴の曲

春隣

春隣がたちあがると走り寄つてくるいとしい人雪は溶けはじめ言葉はなだれを打つて私たちをおほふひとつの点のうへにあなたは立たなければならないひかりはうへからするどくふつてくるあなたは右手をさしだす弓手はだらりとおろされたまましめつてゐるたくさんのアルファベを仮名にかへようとかすれたこゑを私は出す

春隣ベケットを観し宮殿にふたりのtu《きみ》のあらはれにけり

昏々とねむれるひとよティザンヌを遠夜空からたまはりしのち
おのづからほどけゆく香はたちまちにベルタン通りを朱に染めあげぬ

くらやみにかするる声よもう髪は四つの季節と語りをへたり

サント・ヴィクトワル山のために

君の発見したもののなまへを言はうそれは砂に巨大なかたまりに鉛に岩に宙にそびえる水銀のかべに似てゐた見あげるたびに毎日ちがふものを君は発見したかなたにある眼前に迫りくる或ひは君じしんの内側につつまれてあるたつたひとつのものを君はゑがかうとした

土を踏みのぼりゆくとき銀色に立つ塑像みゆ午後のひかりに

ひと色の塊なりぬ悲と驚と怪と悦びきりきり迫る

君はたぶん瞬間ごとに見出したこの世の外に佇むものを

秋の陽のかたぶくたびに色を変へたつたひとつのなまへを拒む

君の描きし八十枚の山の絵はサント・ヴィクトワルひとつのたましひ

もも色の石片を拾ひまた拾ふセザンヌの色でコートが重い

無色界

花の名

帰りきてさみどりの庭に降り立てばほほじろ鳴けり高き枝より

五百日あまり母国を離るれば母死にたまひ友死にゆけり

誰がために生きてゐるかと子は問ひぬくちうすくして緑茶をすする

昼さがり結語はいまだうかび来ず咲《ゑま》ひはじめた花の名を言ふ

さうだよなあ「存在する」と「生きる」とはべつの動詞だ散る花もある

けやきには

けやきには丸きヤドリギ雛のゐぬ巣のやうだ　ああ　墓に似てゐる

つまだちて蔓枝切れば夜の雨を散らし撓めり八重の山吹

ゆふやみは南より来ぬなつぞらのあの珊瑚樹の鳴る彼方より

過ぎ去りと未だ来ぬもののさかひめに身を挟まれてけものめきたり

星あふぐ夜のしづけさや笹の葉を多《さは》にまとひて君わたりゆく

ふゆさんご

生きて戻ると誓ひし人よ春まひるいづくにゆきていづくに戻る

ひとり立ち胸のうちより取り出せるあをじろきもの空《くう》に放てり

ゆるる葉を見あぐるときにさへづるはメジロほほじろそはホトケにて

さまよへるつめたき蝶よこよひ来て音たゆるまでたはたはと舞へ

ふゆさんご朱《あけ》にみのれる庭に降り夢の童子の名を呼びてみる

とほき火

なまへとはたつたひとつの魂や怪しかりけり尾を細うして

声たてて笑ひし夢のさめぎはに死はまたたけりとほき火のごと

鳴きて朝を告げくる鳥ようつうつと此の世の白湯をくちにふふめば

悲しまずめざめる春の朝のあり髪洗ひけり身をまるくして

冬の陽をあびてなだるる千両の葉のふかみどりふかきくらがり

眼はなせば飛びたつらむか小さき鳥けやきの梢《うれ》の先に囀る

消えてゆく声のありけり高みより飛びゆくものよ風死するころ

春の髪

しろき猫ゆふぐれどきに訪《おとな》ひてみづのおもてのみづ飲みにけり

見おくりてのちのゆふべにさはさはとちさき紅葉はそよぎやまざり

われの名をふいに呼びたる君のゐて如月の花ことごとく白

むかひあひ顔あはせれば傍注を読むひとのごと君のまなざし

あたたかき卯月みそかの宵なれば身より外れて遊びをやせむ

まひるまのひかり残せる春の髪ほどけば彼岸は近づきにけり

あれちのぎく

かへりみて何を呼ばはむ花は散り春すぎ秋すぎあれちのぎくの

おしなべて実りのうすき生なりといま立ちのぼる朝雲に言ふ

実りとはいかなるすがた黄金のフォルテシモのFともなふらしく

いつしかも晩年を汝むかふれば次なる生をあへぎつつ呼ぶ

灰色の毛布なりにき前《さき》つ世の声のこもれる熱のこもれる

けふもまたいちやうギンナン降りやまずきみ逝きしのちの晩秋に入る

つぎのことば

告白をたひらかに聴くへやなればとほき母音は壁に木霊す

とも思ひかく思ひする暮れがたにさざんくわ咲けりうつとり咲けり

すれちがふときにただよふ香のあまくふはふはとしたをのこでありぬ

つぎのことば結ばざりけり水の辺にやくそくのごと風の絶ゆれば

かすかなる軸のゆがみとたれか言ふきみ逝き吾子逝き春めぐり来《く》は

やはらかき喉もつわれの猫とゐてひとひ思へり今際《いまは》の言葉

病みてより季節は撓みなだれ過ぐはるのつぎふゆそののちまなつ

覚めぎはに訪《と》ひたまひける亡き母はゆらゆらゆれる湖水なりけり

小手毬

湧きいづる非を宥めつつ爪だちて灯をともしゆく春ゆふつかた

天よりのつぶてとしての返信をひねもす待てるやよひなりけり

祈るときたかくほそく鳴く鳥よ光を撒きて戻れる吾子よ

ちりやすき小手毬の花ささゆきのやうにふりつぐ吾子の墓標へ

みしみしと時はすぎゆく面伏せてもう泣くまいとおもふ春には

なにほどのできごとならむ陽は沈み母は西方にいますといふに

かくてをはる春のありけり失ひしものの名前をしづやかに呼ぶ

されど雨は

されど雨は降りやまざりき言の葉を送りしのちの長き夏の日

ゆふひかり汝は浴びにきゆらゆらと真夏の楡のとなりに立ちて
日をつぎて香炉の灰を斉へりおほいなる技もたぬ身なれば

ひまはりを碑に供ふればゆふぐれに花いつせいに西方を向く

昏みゆくケヤキ一樹のかなたより墜ちる墜ちゆくカウモリ一羽

しづかなる男と暮らしいくそたび死の水際まで誘《いざな》はれたり

水甕を購はむかな日に夜にみづを揺らして鳴るわれなれば

これはヒバあれはケヤキとゆびさしてやはき土ふみ淵へむかひぬ

ふかぶかと夏の緑のこもる午后ふたつの岸の近づける音

糸檜葉

けふよりは身のめぐりやや整ひておづおづ啜る一椀の粥

あかつきに訪へるひと頬よせて「もうをはつた」ときれぎれに言ふ

声出せば子音かするる音のしてかくばかりわれ乾きてあらむ

おほかたの希み落とせり道の辺に　糸檜葉の列　日につづく夜

暮れ方に長くのびをる影みればよくよくたよりなきをんなにて

ひかりつつ空より降れる銀杏の葉ふりがたきこと充つるこの身に

錺師

水はゆれ身内《ぬち》のゆれてまつすぐに立てない朝だずいぶん昏い

竹群をとほり抜けゆく袂には懐紙があるね飛ばうとしてゐる

情動といふ語を好み舌の上《へ》にころがしながら見る蟻の列

よこむきに歩くんだよとたれか言ふ空気の割れ目に入りゆくゆふべ

立つたままませはしなく問ふ君の背に月の光が戦《そよ》ぎ近づく

「理《ことわり》をみつけて岩を砕きます」錺師にきき生きのびてゆく

みつつある世界のいづくへむかふやと夢に問はれぬ「無色界《むしき》」へと

送られて花と声とに送られてひと旅立てりニルヴァーナへと

桃

テーブルの桃はおのおのひかり帯び背景までを染めようとする

諾と言ひ否と言ひつつ桃を喰ひたちまち集約されゆくわれら

まさかねぇ十九世紀と声に出しきみの始める水浴療法

ぬばたまの魔は横たはり動かずて論のをはりを悦び待てり

われはいま危ふいばしよに膝をつきさいごの種を蒔かうとしてゐる

月読

月読は戸口にふかく射し入りてみそかごとききき蒼くかがよふ

深きよりやうやうとどく七文字は木霊するなり「いますでに受く」

いますでに受けたり庭に墜ちしもの懼れいかり痴《おろか》さおろかさ?

いかばかりときは伸びゆくちぢみゆく身幅で度りさうらふものを
勢ひてやがてとどまる西のかぜちちははの名を唱へてごらん

浄土門地獄の門よわれはいま佇みてをり敲かむとせり

宙に舞ふ

やうやくに凪やはらげば彼方より満ちくる潮のくらきかをりす

いきとめて見上ぐるときに風死すやけやき大樹のくろぐろと立つ

宙に舞ふ見えない紙をとらへてはふみを書きつぎまた放ちやる

沈みつつ失はるる語がこの夏の序文となりてあかるめるころ

とつぜんに歓喜といふ語ふりはじむ葉の鳴るなかをすすみゆくとき

ゆふしぐれ

したたりてやまぬ気配のゆふしぐれ問ひのたてかたがまちがつてゐる

うす甘き魔にしたがひてある文字がべつのことばをいざなふゆふべ

ともすれば色鳥なんぞの肩をもつ火の輪くぐりの神無月《なし》に

みづからの皮ぬぎすてて長く敷きアタマを南にしてよこたはる

降る雨は冬のをはりを知らせけりつちの香あまき南天の庭

その日

すがすがと君は来にけり草踏みて合歓の葉ねむる朝あけのころ

あたたかきうつしみなれば肩と肘ひざとつまさき食《は》みあふばかり

しばしばも声きこえたりふたりして喉を光らせ呼吸《いき》するときに

鳥を撃つためにうたへるフォービート　二拍めに鶸　二拍めにきみ

目ざむれば音ふりつもりつやめきてけふは「その日」の始まりである

来よや春

人称はそれかりそめの主格にて記憶はたわむわれらの時代

わからないままに蔵つたできごとが匿名のまま輝きはじむ

またふかく沈む船ありとほく見て嘆くときさへ文語まじりで

ひそやかに朝は来るらし鳥ねむり地ねむりねむりやまぬきみにも

ゆっくりと身体の軸にみづを注ぎ陽の差す方へあるきはじめる

来よや春（ときならぬ雪）来よや春まだ生きてゐてうたひさへする

あとがき

　これは私の第二歌集です。二〇一四年秋から二〇一九年春までに書いた短歌三一〇首をまとめました。この間の一年半を配偶者と欧州に暮らしました。パリ・カトリック大学の外国人枠に入学し学生として過ごしたため、学校での必須語であり日々の生活語でもあるアルファベット言葉が作品内にかなり紛れ込んでいます。また、帰国後は異国の苗字無しのアキコから、日本独特の慣習を重んじる仏教寺院の生活への転換があり、私の歌の詠みぶりはさらに少し変わりました。

　タイトルの『Ange-Mensonge』はパリのコメディ・フランセーズで観た『フェードル』から得ました。すべての台詞がアレクサンドラン（十二音節）からなる全五幕の芝居を休憩なしの一幕で行なう演出で、それはさながらすぐれた長篇詩の朗読を嵐のように浴びる経験でした。脚韻を踏む言葉を美しく激しく放ったあと「Ange-Mensonge《アンジューマンソーンジュ》、ほうら、よく似た言葉！」がありました。

　天使。多くの絵画作品に接しているうちに私は奇妙な「Ange」に出くわすことがありました。黒頭巾をつけた裸の天使達が長い列をなし、死んだ天使（愛の天使）を木の棺に乗せ運んでいる光景を描いた十六世紀のフランス絵画「天使の葬列」。捥がれた羽根を長い棒の先につけ、かかげて歩く愛の天使たち。数人の天使はこちらを見て邪悪な笑みを浮かべ、背景には驚愕の表情で葬列を見る人間達が描かれています。或いは、とても小さく描かれた赤子のイエスに向けて、不吉な鳥の群れのように絵画の上半分を占めて飛ぶ十七世紀絵画「羊飼いの礼拝」も不思議な作品です（ともにルーブル美術館蔵）。

天使は善きものの象徴であると同時に、不気味な多義性を孕む何かでもあるのです。私たちの生で、天使と嘘は隣りあわせかもしれません。姉と妹かも知れず、一枚の織物の表と裏かもしれません。

この歌集には約五十首の社会詠があります。私たちがこれ以上、国の内側・外側からの邪悪なものに呑み込まれないために、できる限りのことを続けたいと思っています。

遠い地まで達筆の葉書を下さり、機会あるごとに励まして下さり、深く大きく導いて下さった、かけがえのない師、岡井隆氏に心より感謝申しあげます。

出版に際してお世話になった角川文化振興財団の石川一郎さん、打田翼さん、カロリンヌ体のタイトルを書いて下さったゆかこさん、変わらず美しい装幀をして下さった伊勢功治さん、ありがとうございました。

二〇一九年九月五日　守中章子

守中章子
東京都生まれ。学習院大学文学部フランス文学科卒。
未来短歌会所属。岡井隆に師事。
二〇一三年度、未来年間賞受賞。歌集『一花衣』（思潮社、二〇一四年）
二〇一五年秋より一年半フランス滞在、カトリック系大学に在籍。
新宿区の浄土宗寺院在住。

歌集　Ange-Mensonge《アンジュ-マンソーンジュ》　天使―嘘

2019（令和元）年10月25日　初版発行

著　者　守中章子
発行者　宍戸健司
発　行　公益財団法人　角川文化振興財団
〒102-0071　東京都千代田区富士見1-12-15
電話03-5215-7821
http://www.kadokawa-zaidan.or.jp/
発　売　株式会社　KADOKAWA
〒102-8177　東京都千代田区富士見2-13-3
電話0570-002-301（カスタマーサポート・ナビダイヤル）
受付時間　11時～13時／14時～17時（土日祝日を除く）
https://www.kadokawa.co.jp/
印刷製本　中央精版印刷株式会社
 ISBN978-4-04-884304-1 C0092